五行歌集

また虐待で子どもが死んだ

ま　ろ

そらまめ文庫

辛い事だらけの日々に
一瞬の最高を見つけよう
今がすべてじゃないんだ
私たちの未来は
きっと明るいよ

目次

第一章　記憶

家族に暴力ふるったら
すぐに捕まる時代になった
昭和で
ラッキーだったね、
お父さん

母子家庭の
いとこが
羨ましかった
うちのお父さんも
いなくなればいいのに

物心ついた頃
暴れる父が怖くて
布団の中でこっそり泣いた
世界で一番
自分が不幸に思えた

知的に障害のある兄でさえ
父の暴力を止めようとする
人として
ダメなことは
本能でわかるらしい

普通のお父さんがいい
普通の家族がいい
とにかく
いろいろ
フツーになりたい

父の暴力に手を焼き
警官を呼ぶ度に思う
「このおまわりさんが
お父さんだったら
いいのになぁ…」

あの角を曲がったら
ボロいアパートが見える
会社に行かないお父さんが
寝てるからいやだなぁ
帰りたくないなぁ

小学生で既に
虫歯だらけになった
親ならば
ケンカばっかしてないで
ハミガキくらい教えろ

同級生に
「冷たい目をしてるね。」と
よく言われた
家庭でのストレスが
無意識に出てたのかも

夜の闇と大人達は
都合の悪いことを
隠したがる
早く太陽が
出ればいいのに

洋服着て寝てたら
「俺を馬鹿にしやがって！」と
父に灯油をかけられた
パジャマ姿で逃げると
近所の人に見られて恥ずかしいんだよね…

働けないから
お金がないし
安らげる家庭もない
子どものあたしには
とにかく自由がない

小学生の時
「お父さんとお風呂に
入りたくない。」
と言ったら怒鳴られたのは
性暴力とどう違うのか

父が暴れるし
働かないから貧乏だし
服もいつも同じで
同級生に笑われるし
なんだかいつもミジメな気分

どのタイミングで
父がキレるか分からないから
会話の先々まで考えて
発言しないといけないのが
もの凄く疲れる

父の暴力が辛くて
ジュースに殺虫剤を混ぜて飲んだ
死ぬのは怖いけど
病院に運ばれたかった
誰かに気づいてほしかった

みそ汁が濃い！
みそ汁が薄い！
些細なことで怒鳴る父
怒る理由は
何でもいいんだね…

嫌なことがあると
お酒を飲める
大人はズルい
子どものあたしは
シラフで受け止めるしかないのに

家庭は地獄だったけど
学校は楽しかった
殴られた傷痕を
ハチマキで隠して
校庭を駆けた

父に
殴られる母は
けなげに耐えるから
あたしが殴られても
平気なのかな

小学校から下校したら
「お父さんに灰皿で殴られた」と
母が頭から血を流していた
あれ見た時ホント、
気が狂うかと思った

自分がやられるより
お母さんが罵倒され
殴られるのを見るのが辛い
面前DVの恐ろしさに
社会は気づいていない

母は言う
「お父さんはキチガイ。」
そんな言葉を
子供に聞かせる位なら
とっとと離婚しろ

子どもは家を出るお金も無ければ
歯向かう腕力も無い
毒親から逃げないのではなく
逃げられないのだ
耐えるしかないのだ

「生まれてきてごめんなさい」
そんな気分に
させられる
だから虐待は
魂の殺人なんだ

第二章　成長

父に殴られてる母が可哀想で
止めてあげたいのに
恐怖で体が動かない
明日こそは…
明日こそは…

「おまえの苦しみは前世での罰」
信心深い母は言う
そのせいで父に虐待されるなら
このあたしに
生きる意味あるの？

このまま朝が
来なければいいな
一日が始まれば
また毒親に
つきあわされるから

年頃の娘を
追いかけ回して
下着をはぎ取る父
死刑にでも
なればいいのに

できれば男に生まれて
母を守りたかったけど
性別なんて関係なかった
母が暴力父に
依存してるだけだから

子供は忘れない
殴られ罵倒されたこと
大人達に
裏切られるのは
もうたくさん！

高校生になり髪が伸びたら
「色気づきやがって！」と
父にハサミで切られた
子供の成長を喜ぶのが
親ではないのか

罵ってくれてありがとう
殴ってくれてありがとう
あなたが散々
いじめてくれたおかげで
人を見る目が養われました

暴力父を殺したい、と私
裁判で証言してあげる、と母
それって優しさのつもりなの？
子供がそこまで追いつめられてるってなんでわかんないの？

高校生の時、
父が「一回だけだから」と
私の膣に指を入れてきたけど
あなたのその考えなら
一回人殺しても捕まらないんですけど？

病気持ちの兄は
発作で倒れる度に
お母さんが抱きしめてくれるから
羨ましいな、って思っちゃった
お兄ちゃんは苦しいのに、ごめん…

ビルの屋上で、踏み切りで、
何度も何度も死のうとしたけど
怖くてできなかった
それなら生きるしかない、と
消去法で繋いだ命

離婚しないのは子供の為？
「学も経済力も
お母さんには無いから不安だ」
って、言ってたじゃん
あたしのせいにしないでよ！

こんな家庭で育ったのに
グレなくてえらいね、と
親戚のおばさん
それは見た目の話でしょう？
心の中はグレグレです

暴力父へのストレスから
深酒する母が
父と同じに見えて嫌だった
どっちかひとりは
しっかりして欲しい

性被害にあった私の方が
責められるのは何故？
それならば
一体私は
あの時どうすればよかった？

父に殴られてる母を
助けてあげられない自分を
ふがいなく感じてしまい
思わずリストカットしたのが
自傷行為の始まり

公務員になれ？
銀行員になれ？
それが夢なら自分で叶えたら？
私は私の
幸せを探します

言いたい事を言えば怒鳴られる
やりたい事をやれば殴られる
家庭という名の
戦場で育った私は
ソルジャー、ではなく、サバイバー

「この家は生き地獄」と
母は言うが
ここから飛び出す
勇気さえあれば
天国にも変えられるのに

実家から逃げての一人暮らしは
平穏で心が安らいだ
もしかして　これが
普通の人の生活なのか？　と
ただただ　驚いた

就職した会社で
上司が誰かを叱ってる姿が
父と重なり
怖くて心臓がバクバクした
面前DVの後遺症に気づいた瞬間

死にたい訳じゃなくて
生きていたくないから自傷する
手当したから大丈夫ですよ、と
優しく医師に言われ
涙が出た

「普通の家庭」に産まれた
自分の子供に嫉妬する
皮肉なことに
自分が親になったことで
インナーチャイルドが出現した

虐待されずに育っていたら
私はどんな人間に
なったんだろう
もっと
優しい人になりたい

産んで育ててもらったんだから
親孝行しなさい、と
言えるあなたは
幸せな家庭に育ったことを
自覚した方がいいよ

虐待された過去を
忘れたいのにできないのは
私が執念深いのではなく
ＰＴＳＤだからだと知った
私のせいじゃなくてよかった

第三章　毒親

私への虐待を詫びろ、と父に迫ったら
「覚えてないから謝らねーよ!」
やってないとは言えないから
覚えてないことにするんでしょうね
政治家と一緒ですね

幼な子は思考が未熟で
善悪の判別がつかないから
自分のせいで虐待されると錯覚する
体になじんだ自責のクセは
大人になっても私を苦しめる

虐待されたことを
打ち明けるのは勇気がいる
うちの親は悪魔です、と
言いふらすような
ものだから

娘が爪を噛んで困るんです、と
保育士に相談してたけど
自分達がストレスを与えてるせいだ、って
気付かないんだよね、
毒にしかならない親だから

虐待された過去なんて
早く忘れなさいよ、と母
私だって忘れたいよ！
それができないから
苦しいんだよ！

暴力父だけが
悪いんじゃない
父から逃げようとしなかった、
私を守ろうとしなかった、
母親も同罪

鏡の中の
神経質な顔が嫌いだ
お父さんに似てる、と
母に言われる度に
絶望して死にたくなる

過去の事にはできても
無かった事にはできない
心の傷のカサブタは
些細なことで
剥がれ血が出る

毒親だとしても
高齢なんだからそろそろ許せ？
それを言うなら
私も昔は子どもでした
無力でかよわい存在でした

お父さんは友達もいなくて
可哀想な人だから、と母
友達もいなくて可哀想な人は
家族をいじめても許されるの？
あなた、頭おかしいよ？

年老いて
おとなしくなった
父の声が怖い
虐待された記憶が
音でも残ってしまっている

なぜ親孝行しないの？
と憤るより
子供に親孝行したいと
思われない親になった自分を
嘆くべきだね

父の暴力に耐える母は
けなげで可哀想だったけど
大人になってからはそう思わない
父から逃げないのは
母の意思だ！

「フラッシュバック」に姿を変えて
大人になっても
夢の中でも
追いかけてくる
虐待は死ぬまで終わらない

おまえを愛してる、と
母に言われても
実感できないのです
子どもの頃の私に
言ってあげて欲しかったです

血の色が透明で
涙の色が真っ赤なら
私の傷も晒されたのか
虐待されて育つのは
恥ずかしいことなのか

大きな音が怖い
常に誰かに
責められてる気がする
虐待の後遺症は
厄介なことが多い

父に罵倒されて
辛そうな母の姿が
何年経っても忘れられない
どちらかが犠牲になるのは
夫婦とは呼べない

苦しい過去に囚われて
大切な時間を奪われても
自分がすべき事を
探して進め
自分の命を生きてやれ

第四章　虐待

平気で自分の子供を
殴るような男と
一緒にいられるあなたの神経が
理解できないよ、
お母さん

また虐待で
子どもが死んだ
自制心のない
バカな大人が
多すぎる

全ての命が
望まれる
全ての子どもが
愛される
そんな条理はどこへ行った？

毒親に感謝することが
あるとするならば
こういう大人になりたくない、という
分かりやすい見本として
そばにいてくれたことだけ

バカみたいなことを言い合って
笑う子どもを見るとホッとする
言いたいことが言えない家庭で育つと
やけにしっかりした子になるからね、
それこそが「アダルトチルドレン」

神なんていない
信じない
一番身近な
親さえも
信用できないのだから

パーカーや毛布みたいに
温かくて
安心できるものが好き
毒親から身を守る、
防衛本能的なものか

子供を連れて実家に帰ったら
両親が嬉しそうに
お小遣いを渡してた
私なんか欲しい物ひとつ
買ってもらえなかったのにズルい！

あなたの大切な人が
目の前で暴行されたら
どう思いますか？
面前ＤＶの恐怖を
想像してください

辛いことが多すぎたから
生まれたことを
心から喜べない時がある
誕生日におめでとう、と
祝われるのが切ない

虐待はくり返す？
そんなのウソだよ！
自分の子供は
誰よりも可愛いし
何よりも守りたいよ？

父の暴力が怖くて
裸足で逃げて
朝まで隠れてた
今の時代なら
誰か保護してくれたのか？

子供が憎いから
虐待するというより
自分の欲望に
勝てないんだろ
結局は自分の弱さだよ

あなたの為に！
あなたを思って！
って言葉は
よく考えたら大抵は
自分の為なんだよね…

毒親達は
おまえが悪い！　と子を洗脳するが
実際はそうじゃない
洗脳が解けてからが
私の本当の人生だ

好きでもないのに
離れられないのは
夫婦、じゃなくて
共依存、と呼ぶんだよ
今の時代は

優秀なピッチャーがいても
キャッチャーが捕らないと野球にならない
「家族」は「スポーツ」と同じで
ルールを守らない人がいると
試合にすらならない

虐待されている子どもは
感情を殺して生きているから
大人になってからも
自分の気持ちが
わからない時があって困る

子供は親を選んで
生まれてはこれないけど
成人してからの親との関係性は
自分で選んでいいと思う
自分の人生なのだから

毒親が死んでも
虐待された記憶は消えない
虐待によるサバイバー達の
苦しみには
終わりがない

第五章　希望

迷いながら行こう
苦しみながら行こう
いつか絶望に飽き足りて
笑いながら歩けると信じよう
一緒に行こう、大丈夫

虐待の話は重いですか？
暗いですか？
だけど私にとっては
朝起きて顔を洗うくらいの
ごくごく普通の話

悪くないのに怒鳴られ殴られ
子ども時代の私を
大人になった私が抱きしめる
「えらかったね。
がんばって生きてきたね。」

いつも何かに
怒っていると
毒親に似てくるよね
鏡を見て
ゾッとしたわ

病気の兄の世話を
ずっと母がしていて
「ねぇ、ママ! 見て!」って
言えなかったから
今、夫に言いまくってる

「自尊心」の育たないような
ひどい家庭で育ったから
目一杯自分を愛したい
「自尊心」くらい
自力で付けてやる

過去だから、と
受けた虐待を許せるほど
お人好しではないんだ
だからあなた達を
捨てたんだ

虐待は許せない！
まろちゃんの親は鬼畜以下だ！
そう怒ってくれたあなたに
私は心から
救われたのです

親からの愛情を
実感できずに育った私にとって
溢れんばかりの喜びを
貰ったり与えたりできる存在が
夫と子供達でした

毒親への恨みは募るが
それ以上に自分を愛したい
消えない心の傷さえも
好んで着けた
ピアスのように

虐待父と同じで
自分も「ロクデナシ」だと
思ってきたけどそうじゃない
私は私で
父とは別人だ

何をどうやっても
自分を好きになれないけど
「あなたがいてくれてよかった。」と
大切な人が言ってくれたから
ま、いっか

父が自殺未遂を起こし
一命を取り止めた
なんて憐れな人だろう、と
病院の寒い廊下で泣いた
私、二十歳の頃

子どもはいつまでも
子どもではない
虐待サバイバーの逆襲は
きっとこれから
首を洗って待っていろ

「罪を憎んで人を憎まず」
どうしたら
なれるのでしょうか
いつかそう
なれるのでしょうか

毒親育ちだから出会えた、
大切な物がある
大切な人がいる
あの時本当に
死ななくてよかった

第六章　妻であり、母であり

私の指を握る
あなたの手の強さ
その小ささ　温かさ
母になる喜びを
与えてくれてありがとう

あなたを抱き上げた時の
柔らかさに驚く
こんなに
穏やかな
幸福感は初めて

リモコンを耳にあて
「モシモシ？　モシモシ？」
幼な子にかかれば
何でもおもちゃになる
みんなが笑顔になる

おはよう、
ママのしあわせさん！
あなたが
いることが
何よりのビタミン

小三の娘とバスタイム
ママが髪を洗ってあげるね♡
「かゆい所はございませんか？」
即席のシャンプー屋さん
クスクス笑うのはお客さん

「お母さんの子供で良かったよ」
ノートの切れ端に
走り書きの文字
中一息子からの
最高の誕生日プレゼント

子供を見れば
その家庭も
見えてくる
うちの子は
朗らかだろうか

直に反抗期の
子供達
ならば今のうち
「お母さん！」の響きに
酔いしれるとしよう

君達の為にする
炊事　洗濯
悲喜こもごも
その煩わしさ全部
幸せと呼びたい

これからあなたは
どんな大人になるんだろう
その姿を
この目で見れるほど
尊いことはない

あなたを産んだから
親になったのではなく
必死に守り
育てたあなたに
親にさせてもらったのです

自分の人生を
生きて下さい
誰よりも幸せに
なって下さい
巣立ちゆくあなたへ

結婚して何年経ったかな
今ではすっかり
お父さんとお母さん
私達　一緒に
歳を取ったね

子供達が自立して
ふたりきりの生活は
恋人時代に戻ったよう
案外
悪くないかも

私に微笑まずとも
私の名を呼ばずとも
確かにある安心感
不器用な貴方が
そばにいる幸せ

第七章　素晴らしき日常

腹の足しにもならない
雨風さえしのげない
それでも〝音楽〟ってやつは
今日も私を励ますし
地球だって救うかもしれない

君の良い所は
君の背中に書いてあるから
君には見えないけど
私にはよく見える
端から読み上げようか？　笑

心、という
繊細な機能を
装備された人間に
生まれてきた特権を
思う存分楽しもう

お礼のひと言もない
かゆいし
はれるし
いい事ない
蚊め！

嫌いな何かを
握りつぶす為じゃなく
大切なものを
優しく包み込む為の
手になりたい

どこかホッとしてる
自分が被害者でも
加害者でもないことに
そこにある悲しみは
他の誰かのものだから

どっちが先でもいい
あなたが幸せなら私も幸せ
私が幸せならあなたも幸せ
単純、かつ最強な
幸せがスパイラルする日々だ

君の手を握りしめる為に
君の肩を抱きしめる為に
できる限り
柔らかな体を
私は持っています

障害は個性、というのもどこか違うけど
私はあなたに何かしましたか？
バカにされたり　殺されたり
そんな事をされる覚えは
ないのだけれど

私達は違うようで同じ
必死で生きてる
必死で夢見てる
不穏な空気を
それぞれに抱えながら

懐かしい感情は
成長したシルシ
少しだけ心がチクッとする
泣きたいような
笑いたいような

やめよう、と言えない弱さが集まり
イジメは膨らんでゆく
無関心ではいられない
他人を大切にする事は
自分を大切にする事でもある

「あの人の方が辛いから」
そう言って自分を
慰めるのをやめたい
幸せってもっと
ウキウキするものじゃない？

ぬりすぎちゃった、と
マキちゃんが私の手を握る
思わず照れ笑い
ハンドクリームと友情の
おすそ分け

辛い日には
花を買おう
「希望」
という花言葉
ガーベラをいくつか

大切な人との
時間の共有は
心の底から嬉しくて楽しい
それだけでもう
お腹がいっぱい

病んだ心は
いつか癒える
愛ある手を
差し出すだけで
きっと何かが動く

男らしく、でも
女らしく、でも
皆と同じように、でもなく
私は私らしく
生きて行きたい

第八章　I LOVE U

理由があるから
好きなうちは
恋
とは
呼ばないんだぜ

太い絵筆でクルクル♪と
白を置いたような
空だったから
軽く思い出してた
君のくせっ毛

今日もあなたが
何処かで笑っている
その姿を思うだけで私は
生きよう、と
思えるのです

一番も
二番もないんだ
僕は
君しか
好きじゃないから

朝イチでカーテンを開けて
空模様を確かめる
おはよう！　って声に出した
やっぱり今日も
あなたが好きです

希望と失望が
隣り合わせだというのなら
僕は何度だって失望しよう
「希望」と呼ぶには眩しすぎる、
君と出逢ってしまったのだから

ダサいくらいの
君がいい
みんなが君を
好きになったら
困るもん

ヘッドフォンの中の
君の歌声をひとりじめ
ふうわり優しく包まれて
触れあって
戯れあって

私と出会う前は
どんな時間を過ごしたの
それさえも
独占したいくらいに
今の君が好きだよ

自分を変えようと
頑張る君が好きです
その姿は
一縷の光になって
私に届きます

あなたの
話し方が好きなの
ふと優しい
表情になるとことか
もう、たまらん!!

心が弱っている時は
なんでもないことで
涙が出るけど
全然　なんでもなくなかった
君のことだけは

眠れなくなる
君の「おやすみ」を
聴いただけで
もう一度　その「おやすみ」を
聴きたくなって

空が青かった
君が笑ってた
明日は休みだ！
目がくらみそうな幸福を
僕らは知ってる

月が綺麗だ
夜風が気持ちいい
たかがそんなことで…
バカみたいにまた
君に会いたくなってる

どんなに離れていても
心の距離は
近づける
君に寄り添うには
一秒あれば充分

優しい人はいっぱいいるの
だけどあなたは
悲しむ人に寄り添える人
だから好きだし
尊敬もするの

第九章　心の彩り

きっと一人では
ここまで来れなかった
鋭く　厳しく　温かい
あなたの眼差しが
あったおかげ

花の命は短いが
充分私を
楽しませてくれる
姿で　香りで
散り際の切なさで

越えられない壁だと嘆くより
いっそその手で叩き割れ
不安だからと構えた盾を
剣に持ち換えるなら
きっと今だよ?

雨が降れば
いいのに
空も一緒に
泣いてくれたら
いいのに

どんなに泣き喚いて
朝が来るのを拒んでも
髪は伸びるし爪も伸びる
生きろ！　と
体が言ってくる

足りないものを
埋めるよりも
今ある所から
積み上げていこう
いつか空に届くといいな

後悔なら
山ほどある
それだけ
懸命に
生きてきたんだもん

無駄な事を考えず
ただ笑っている時が
一番幸せかもね？
君が楽しそうにしてるのを
見ている時も　また同じ

失敗や後悔は
むしろ醍醐味のひとつ
痛みを知って
強くなれ
賢くなれ

「鳥は飛べるから自由だ」
それは勝手な思い込み
与えられた命を
ただ生きているだけなんだ
鳥も　私も

嫁失格？
母親失格？
何とでも言って下さい
だけどその前に
ひとりの人間なんです、私

老いて朽ちて
ボロボロな枯れ葉は
それこそが完成形
何が普通かなんて
誰にもわからない

諦めることが
何より怖い
諦めたら
そこで全てが
終わるから

勝ち続けなくていい
なりたい自分になれない自分も
その事で傷ついている自分も
全てが愛おしい
マイ　アイデンティティ

急な雨に降られ
戸惑う人を笑いたくない
傘があるなら差しかけて
無いなら
一緒に濡れようか

怒らない人は
死んでるのと一緒、って
誰かが言ってた
だったら私は
まだ死なない

完璧なんか求めない
何か足りないくらいでいい
全てを手にしてしまったら
好奇心の苗を育てる楽しみが
無くなるよ？

湯船に浸かると
涙が出る
温かいものと
優しいものに
人は弱い

君も　私も
生きている
ただそれだけで
素晴らしい
今日見た空は何色ですか

あとがき

この五行歌集は、私自身の約二十年の被虐待体験を基に作り上げました。

子どもの虐待が問題視される昨今。残念ですが親と子がいる限り、大人と子どもがいる限り、虐待はなくならないと思います。

虐待への厳罰化等は、もちろん抑止力にはなるのでしょうが、「極刑」があっても人を殺す人はいるのですから…。

それならば私は、虐待による後遺症（ＰＴＳＤ、フラッシュバック、不安障害）に悩み、もがきながら生きている自分や、似たような経験をしている仲間達に言葉を贈ろうと考えました。

「人間は自分が経験した事しか理解できない」という持論があります。家庭内での出来事は外からは見えない、隠れている部分が実に多いのです。

二〇〇五年。

新聞の朝刊で偶然、五行歌と出会い自分を表現する術を手に入れました。その事で私の心の彩りは驚くほど豊かになりました。


この本に収めた歌のひとつひとつが、私の心からの叫びを紡いだ大切な宝物です。その宝物を、今こうしてあなたと共有できた事が嬉しくてたまりません。

本当にありがとうございます。ぺこり。


「想いは想いのままだと無いのと一緒。行動して初めて形になる」

そう言った人がいます。

絵が描ける人は絵を。小説が書ける人は小説を。それならば私は…五行歌だ！

五行歌があるじゃないか！　想いを全部形にしよう！

自分の想いを、自分らしく簡潔に、かつ濃密に過不足なく五行に収める。

この作業が楽しくてたまりません。人生に於いての全ての事柄が、五行歌のネタになってくれますから。

尚、第六章からは成人してからの事を詠んだ歌を集めました。

この歌集は、＊機能不全家族 に生まれ育ちながらも、生きることを諦めなかった私なりの「希望の歌」なのです。

世界中の
子どもたちが
愛の下に
すくすくと
育ちますように

＊機能不全家族…親から子への虐待、ネグレクト（育児放棄）、過干渉など様々な要因が家庭内にあり、子育てや生活などの家庭の機能がうまくいっていない状態のこと。

最後に。

出版にあたり、ご尽力頂いた五行歌の会主宰、草壁焰太先生、水源純さん、井椎しづくさん、市井社の皆様に心より感謝申し上げます。

そして、

めんどくさい私に関わってくれる夫と子供達、心の支えになってくれる親友のボンちゃん、いつも本当にありがとう。大好きです。

まろ

五行歌五則 ［平成二十年九月改定］

一、五行歌は、和歌と古代歌謡に基いて新たに創られた新形式の短詩である。

一、作品は五行からなる。例外として、四行、六行のものも稀に認める。

一、一行は一句を意味する。改行は言葉の区切り、または息の区切りで行う。

一、字数に制約は設けないが、作品に詩歌らしい感じをもたせること。

一、内容などには制約をもうけない。

五行歌とは

五行歌とは、五行で書く歌のことです。万葉集以前の日本人は、自由に歌を書いていました。その古代歌謡にならって、現代の言葉で同じように自由に書いたのが、五行歌です。五行にする理由は、古代でも約半数が五句構成だったためです。

この新形式は、約六十年前に、五行歌の会の主宰、草壁焰太が発想したもので、一九九四年に約三十人で会はスタートしました。五行歌は現代人の各個人の独立した感性、思いを表すのにぴったりの形式であり、誰にも書け、誰にも独自の表現を完成できるものです。

このため、年々会員数は増え、全国に百数十の支部があり、愛好者は五十万人にのぼります。

五行歌の会　https://5gyohka.com/
〒162-0843 東京都新宿区市谷田町三—一九
川辺ビル一階
電話　〇三（三二六七）七六〇七
ファクス　〇三（三二六七）七六九七

著者：まろ

1969年埼玉生まれ。神奈川在住。

Twitter
https://twitter.com/@nakamaro1969
Instagram
https://www.instagram.com/maro.1969

そらまめ文庫 ま 1-1

五行歌集　また虐待で子どもが死んだ

2022年12月26日　初版第1刷発行

著　者　　まろ
発行人　　三好清明
発行所　　株式会社 市井社
〒162-0843
東京都新宿区市谷田町3-19 川辺ビル 1F
電話　03-3267-7601
https://5gyohka.com/shiseisha/

印刷所　　創栄図書印刷 株式会社
装　丁　　しづく
カバー写真　まろ

ISBN978-4-88208-199-9　C0292

落丁本、乱丁本はお取り替えします。
定価はカバーに表示しています。

そらまめ文庫

- い 1-1　白つめ草　石村比抄子五行歌集
- い 2-1　風　滴　唯沢遥五行歌集
- お 1-1　だいすき　鬼ゆり五行歌集
- お 2-1　だらしのないぬくもり　大島健志五行歌集
- お 3-1　リプルの歌　太田陽太郎五行歌集
- か 1-1　おりおり草　河田日出子五行歌集
- か 2-1　ヒマラヤ桜　神部和子五行歌集
- く 1-1　恋の五行歌　キュキュン200　草壁焔太　編
- く 2-1　コケコッコーの妻　桑本明枝五行歌集
- く 2-2　緑の星　桑本明枝五行歌集
- こ 1-1　雅　—Miyabi—　高原《こうげん》郁子《かぐわし》五行歌集
- こ 1-2　紬　—Tsumugi—　高原《こうげん》郁子《かぐわし》五行歌集
- こ 1-3　奏　—Kanade—　高原《こうげん》郁子《かぐわし》五行歌集
- こ 2-1　幼き君へ～お母さんより　小原さなえ五行歌集
- さ 1-1　五行歌って面白い　五行歌入門書　鮫島龍三郎　著
- さ 1-2　五行歌って面白いⅡ　五行歌の歌人たち　鮫島龍三郎　著
- さ 1-3　喜劇の誕生　鮫島龍三郎五行歌集
- な 1-1　詩的空間　—果てなき思いの源泉　中澤京華五行歌集
- ふ 1-1　故郷の郵便番号　夫婦五行歌集　浮遊&仁田澄子五行歌集
- み 1-1　一ヶ月反抗期　14歳の五行歌集　水源《みなもと》カエデ五行歌集
- み 1-2　承認欲求　水源《みなもと》カエデ五行歌集
- み 2-1　まだ知らない青　水源《みなもと》純五行歌集
- や 1-1　宇宙人観察日記　山崎　光五行歌集
- ゆ 1-1　きっと　ここ　—私の置き場—　ゆうゆう五行歌集

※定価はすべて880円（10%税込）です